終《つい》の栖《すみか》・仮《かり》の宿《やど》

川島芳子伝

岸田理生

而立書房

終《つい》の棲《すみか》・仮《かり》の宿《やど》

―川島芳子伝―

■**登場人物**

川島芳子
川島浪速
川島フク
李香蘭
甘粕正彦
田中隆吉
小方八郎
婉容
刑事
中国の娘
中国の老人
孫科
女
原田伴彦
兵士たち
男

プロローグ

観客が入場し終わると空間は暗黒となる。
その中で女の声が、

女の声　eureka「我、発見せり」。誰でもいつかはそれを持つんだ。右手には金の黙示録、左手には銀の人生。重くもあり軽くもあり、透明であり曖昧だ。そして、そう夢がある。夢の夢、夢の現……、大丈夫さ。忘れることができさえすれば……やって行かれるさ。

一陣のつむじ風が吹きすぎて、溶明すると、舞台中央の椅子には軍服の女が座っている。川島芳子である。

芳子　はい、そうです。私が川島芳子です。

告げると逆光がさし、芳子の背後に二人の男が影絵となって浮かびあがる。

男1 君に玩具を進呈する。可愛がってくれ。

男2 君から玩具を貰った。可愛がろう。

芳子は、声のない尋問に答えるようにして、

芳子 はい、私は大正二年、実父の手から養父の手に渡されました。実父は清王朝八大世襲家の筆頭、粛親王善耆、養父は満州浪人川島浪速であります。

感情を交えずに告げ、

芳子 おれはとうとう、二回死刑だ。死刑宣告二回目さ。だがへこたれないよ。げんきさまさまだ。年がバレそうになって、おれさま、まごついた。おれさまは大正五年のごたんじょうさ。至急戸籍を直してくれ。そうすっと十六や十七で満州事変に何ができる

か、ってことになるんだ。事変の年、わしさまは十六以下でないと、助からんらしい。おやじに言うてくれ、早くしてくれ、さもないと最高裁に間に合わぬ。オダブツは嫌だ。検死があるからな。

断ち切られたように闇となり、男性ヴォーカルと女性ヴォーカルのかけ合いで、底抜けに明るく「軍隊小唄」が歌われる。

〽腰の軍刀に　すがりつき
つれて行きゃんせ　どこまでも
つれていくのは　やすけれど
女は乗せない　輸送船

女乗せない　船ならば
みどりの黒髪　裁ち切って
男姿に　身をやつし

ついて行きます　どこまでも

1

平手打ちの明かりがつくと、キャバレー「東興楼」の内部。編曲された「軍隊小唄」のメロディに合わせて三人の男が、中国服を着た三人の私窩子《しかし》とダンスを踊っている。

芳子　君は？

訊くと、中国服の女が、「淑子よ」と答える。

淑子　あなたは？

芳子　芳子さ。君は？

淑子　李香蘭。あなたは？

芳子　愛親覚羅顕玗。君は？

淑子　潘淑華。あなたは？

芳子　金璧輝。

淑子　あなたは？
芳子　多田良磨。
淑子　あなたは？
芳子　東珍。
淑子　あなたが五人で私が三人いると言うわけね。
芳子　立派に団体だ。
淑子　政治団体？
芳子　少女歌劇団さ。幕が開く。そして始まる。

操られたように男が立ち上がり、

男　（敬礼すると）上海駐在参謀本部付少佐田中隆吉、報告致します。昭和六年十一月十日夜、宣統廃帝溥儀は中折帽に黒眼鏡姿で暗夜に乗じ天津を脱出、白河河岸で比治山丸に乗り、十一日未明に出発。タンクーより大連汽船の淡路丸に乗船、十三日午前十時営口に到着。それよりは装甲列車で旅順に移動。現在はヤマトホテルに宿泊中なれど、外部との交流は遮断し、軟禁状態に置かれています。

報告する。

芳子は淑子の腰に手をまわし、

芳子　一幕目。

と、また一人、男が立ち上がり、

男　（敬礼すると）満州映画協会理事長甘粕正彦、報告致します。今、国家が要求しているのは、映画を通じて大衆に娯楽を与えることです。その目的を果たすには満人が面白いと感じて従いてくる映画を作ることに没頭することです。よって自分は、北京に満映資本による華北電影を設立、また上海には南京政府、満映、日本映画協会の三者共同出資による中華電影を作り、さらに映画科学研究所を設立して、本格的な映画研究を目指しております。

報告する。

芳子　二幕目。

と、また一人、男が立ち上がり、

男　（敬礼すると）金司令の秘書、小方八郎、報告します。浅草で見つけた猿は、次々に仔を産み、福ちゃん、もんちゃん、デコ、チビと四匹になりました。また犬のポチは相変わらず元気であります。

報告する。

芳子　三幕目。

淑子　それでおしまい？

芳子　今のところはね。
淑子　だったら私は、あなたの幕間狂言になるわ。
芳子　そのとき僕が演じる役は？
淑子　わからない？
芳子　愛親覚羅顕玗？
淑子　いいえ。
芳子　金璧輝？
淑子　私には無縁よ。金司令。
芳子　多田良磨？
淑子　違うわ。
芳子　東珍？
淑子　はずれよ。
芳子　……わからない。
淑子　五番目のあなた。あなた自身よ。
芳子　そいつは、厄介だ。

淑子　なぜ？
芳子　僕は、まだ誰でもないからさ。そうして僕は全員で、一人の僕だ。

いきなり現れる川島浪速。そして、フク。

浪速　やめろ！　おまえは、一人だ。私の娘の川島芳子だ。芳子は白いリボンを結び支那服で船に乗ってきた、私の娘だ。東京府下赤羽字稲付八一七番地に住んだ。大正五年、赤羽まつ江を家庭教師に迎え、大正七年東京府立豊島師範附属小学校の五年生になり、紋綸子の着物に紫緞子の袴で、リボンをつけて学校に通った。おまえは、お手玉におはじきが好きなお姫様だった。

不意にフクが口をはさみ、

フク　嘘ばっかり。縄とびが好きで、それはなぜかと言えば、縄をとぶとき、ちらっと白いズロースを見せるのが好きだったんです。キャッチボールに興じていた男の子が落としたボールを拾おうとすると、さっと手を出して別の方向に投げる子でした。

浪速　大正十年、芳子は松本高女に入った。

フク　するとまあ、裸体写真は撮らせるし、セーラー服は着るし。

浪速　セーラー服のどこが悪い？

フク　校則違反ですよ。あなた。松本高女の制服は筒袖に紺の袴と決められておりました。

浪速　私は、芳子を規律と忍苦とを重んずる娘に育てた。

フク　芳子は馬に乗って学校へ行き、下駄箱を引っくり返しましたよ、あなた。

浪速　やさしい娘だ。もし清朝の復辟が望みない空想に終わるのだったら、日本の跛か盲のお嫁さんになって慰めようと考える娘だ。

フク　愛国党の志士とやらいう岩田愛之助に心中をせまられて、ピストルで左胸を撃ってみせるような娘だったわ。

浪速　えっ？

フク　……。

浪速　何か言ったかね？

フク　都合が悪くなるとツンボになるのね。まったく器用な耳だわ。

浪速　マラリアのせいだ。後遺症という奴だ。

フク　私が嫁入りしてきたときには、北京で落馬して、とうきび畑の切り株で傷を負ったためだと言ったんじゃありませんか。マラリアなんて初耳だわ。

浪速とフクのやりとりが続く間に、芳子は残って、トランプの一人遊びをしている。

浪速　とにもかくにも、私は娘をもらったんだ。

フク　フン……。

浪速　えっ？

フク　フ・ン！

浪速　何か言ったかね？

フク　何をもらったんですって？

浪速　えっ？

フク　何をもらったの？

浪速　何か言ったかね？

フク 何をもらったと言うの？
浪速 娘だ！
フク ツンボがうつったのかしらね？　娘をもらった、ときこえたわ。
浪速 娘さ。娘だよ。
フク 毎日毎日ツンボに怒鳴られて、まったく耳がかわいそうだわ。
浪速 えっ？
フク ……。
浪速 何か言ったかね？
フク ……。
浪速 えっ？
フク ……。
浪速 何か言ったかね？

くり返しながら、浪速とフクがいなくなる。

2

芳子がトランプの一人遊びをしながら、ブツブツ呟いている。

芳子　カ・ゾ・ク・ノ・サ・ン・カ・ク・ケ・イ、チ・チ・ハ・ハ・ワ・タ・シ……。

（急に早口で）家族の三角形、父、母、私……。一人の父と五人の母と三十八人の子供たちは、西側に階段がある旧ロシアのホテルに住むことになりました。庭だけで五千坪は、あったでしょう。部屋数は二十八だったと思います。父は当然二階の広い一室を占めていました。結婚したきょうだいには一室ずつ、あてがわれましたが、あとは同腹のきょうだいが二、三人ずつ同室で過ごすことになりました。部屋には日本陸軍のベッドが二つずつあり、食堂には八人ずつ座れるテーブルが七つか八つ並んでいました。つまりそれがわが家だったわけです。

中国服をしどけなく着た娘を連れて、甘粕が現れる。

芳子　店は閉めたよ。
甘粕　だから来たんだ。
芳子　（娘を眺め）礼儀作法を仕込みたいんなら、もう一人の淑子のところへ連れて行けよ。あっちは映画女優という奴だ。親なしっ子の花売娘でも伯爵令嬢に仕立ててくれるさ。
甘粕　あいにく、この人は花売娘よりは生まれも育ちもいい。
芳子　張作霖の忘れ形見か？　たったひとしずくの偶然でニンゲンという生き物になっちまった血の種子か。
甘粕　君の血縁だよ。
芳子　僕には三十七人の兄弟がいる。男兄弟が二十一人。そのうち四番目と二十番目は、命名前に死んだ。女姉妹は十六人、そのうちの三人は、これも名づけられる前に死んだ。母親は五人で、父親は一人。そのうえ、もう一組の父母がいる。
甘粕　この人は、婉容だ。
芳子　……。
甘粕　満州皇帝溥儀の皇妃だ。
芳子　……。

甘粕　秋鴻妃だよ。
芳子　それで？
甘粕　溥儀はすでに満州に渡った。
芳子　内藤維一君、溥儀は元気かね？
甘粕　……。
芳子　三歳で中国の皇帝になり、七歳でその地位を追われ、十一歳で、二度目の皇帝となり、たちまち退位し、二十八歳で満州国皇帝となり、三十八歳で退位することになるあの男は、今、どうしている。
甘粕　……。
芳子　何とか言えよ、内藤維一君。
甘粕　妻が満州に来るのを待っているよ。
芳子　三度皇帝となり三度、その地位を追われる男は、阿片中毒の妻を待っているんだね、内藤維一君。
甘粕　皇后陛下を天津から連れ出し、満州まで運んで欲しい。
芳子　ごほうびは？

甘粕　黒衣の地位。

芳子、爆笑する。

芳子　僕が黒衣？

甘粕　そうさ。そして操る。人は誰でも他人の黒衣という奴だ。

芳子　なるほど、君にはふさわしい役回りだよ。関東大震災の真っ最中に無政府主義者とその愛人と、おまけに甥の子供まで虐殺したテロリストには、黒衣がぴったりだ。君が殺したあの男は大杉栄と言ったな、内縁の妻は伊藤野枝、甥は橘宗一と言ったんじゃないか。

甘粕　川島芳子は父に連れられて、旅順の粛親王の家に遊びに行き、夜になるとシミーズ姿で父にまたがって揉み治療をしたそうじゃないか。

芳子　君は、虐殺事件の犯人として逮捕され、二年十カ月服役したあと釈放され、フランスに留学して、満州に来た。

甘粕　清朝王族の血を引くお姫さまが、満州浪人の腰を揉むよりはましだ。

芳子　まったく見事だよ、甘粕大尉、内藤維一君、満映理事長。

甘粕　君に黒衣の快感を教えてやるよ。

芳子　聞こう。

甘粕　たとえばパリで毎日フランス料理を食べていると、体がだんだん脂ぎってくる。そんなある日、葡萄酒の二日酔いが残った状態で目を醒ます。そうして、とりあえず、よく冷えたドイツのビールを一杯、ひと息に飲み干す。すると、この冷たいビールが、泡立ちながら、脂ぎった食道を切り裂くように押し広げて入って行く。それだ。それはほとんど痛みに近い快感だ。

芳子　まだるっこしい。

甘粕　えっ？

芳子　黒衣の快感は、射精の瞬間と同じだ、そう言えばいいじゃないか。だけどね、満映理事長。

甘粕　えっ？

芳子　僕は生き物なんだよ。常にユリイカだ。男が変われば、我、発見せりだ。僕は二度と同じ世界、同じ景色には出会わない。躰はそれほど違って動くはずもないのに、空に昇るか、海に浮かぶか、地に落ちるか、躰が重いのか、軽いのか、無限に小さな点になって行くのか、どんどん大きく拡がって行って空気の粒子になって消えていくのか、わからない。

甘粕 言葉だ。ただのコ・ト・バ。君は、ひとつひとつ言葉を、数限りなく使って、大宇宙を語る熱意ほどには酔い切れないんだ。つまりは、性というものにね。

芳子 女優たちに囲まれて、ほとんど不能の元テロリストよりは、ましさ。少なくとも自分をめくらましする言葉を持っている分だけね。

甘粕 君はついて行きたいんだろう、誰かに。そうしてその誰かが、見つからなくて、男装してるんだ。

芳子 僕がついて行きたいのは、僕自身にだけだよ。他人の人生の脇役なんぞ、まっぴら。

甘粕 この人は、まるごとをさし出して、いつも酔っている。君は、すべてを隠して、いつも喋っている。

婉容を引きよせると、芳子に渡す。

甘粕　君に玩具を進呈する。可愛がってくれ。
芳子　君から玩具をもらった。だが、玩具は、壊したくなるものさ。
甘粕　壊してしまうにはもったいない。
芳子　君は満州という玩具で遊べよ。日が暮れても遊びつづけろ。
甘粕　たったひとつ欠けている部品があるんだ。至急、満州に届けてくれ。

言うなり、去る。――
婉容は、芳子にまとわりついているが、訊く。

婉容　誰？
芳子　郵便配達人だよ。君は誰？
婉容　花売娘。
芳子　花を売って何を買うんだ？
婉容　時間。
芳子　時間？

婉容　楽しい時間。
芳子　いつも漂っているのか、時間の中で。
婉容　いい気持ちです。ぷかぷか、うっとり、ユラユラ、私。
芳子　まるで胎児だ。
婉容　あなた、日本人？
芳子　……違うよ。
婉容　中国人？
芳子　……違う。
婉容　だったら、お国はどこ？
芳子　お母さんの、おなかの中、さ。
婉容　だったら、行きましょ。
芳子　どこへ？
婉容　あっち側。
芳子　ぷかぷかうっとり、か。
婉容　ユラユラねっとり、よ。

芳子　おいで、とりあえず、あっち側に連れて行ってあげるよ。

芳子は婉容を連れ去り、無人の舞台。

3

軍服姿で金庫を持った田中隆吉が出てくると、床に座り込んで金を数えはじめる。

田中　まず金だ。それから人生というふうなものだ。貧乏は、呼べばいつでもくる。恐ろしい。そうして貧乏が戸口から入ってくると、女が逃げ出す。またまた怖ろしい。実にもって金は生き物だ。片方に平和がある。もう片方に戦争がある。平和が金を生み、金がたまり出すともっと欲が出る。欲が出ると、もっと欲しくなり、もっと欲しくなると、もっともっと欲しくなって、挙句の果てに戦争が起きる。つまり、戦争は金によって引き起こされるというわけだ。でもって戦争が続くと金がなくなり、したがって戦争はやみ、平和となる。その平和は金を産み、金は戦争を産む。単純なくりかえしだ。今は、戦争の時だ。まったくもって金がかかり、誰もが貧乏になっている。かしこくなるのは今だ。今、金を貯めておけば平和になったとき、餓え死にをせずにすむ。

芳子が入ってくる。彼女は、華やかな中国服に着換えている。

芳子 また金勘定なの？
田中 富は海水のようなものだ。飲めば飲むほど、のどが渇く。ショーペンハウエル。
芳子 すべての出来事は、夢のごとし。「金剛般若経」。
田中 ああそうだ。みんな消えて金が残る。
芳子 それで、あんたは残った金で人生を買うのね。
田中 喰わせてやるよ。
芳子 (冷淡に) ありがとう。

田中は女装の芳子をジロジロと眺めまわす。

田中 えらく金がかかっている。
芳子 もらったのよ。
田中 つまりは乞食だ。それも才能だがね。

芳子　嫉妬しているのね。

田中　君は女王になることを夢みて蒙古の王子の妻になり、女王どころか女中にしかなれないほどの貧乏暮らしに嫌気がさして飛び出し、兄の家にころがりこんで、兄の財布から二千円盗んだ。

芳子　もらったのよ。

田中　小説家の家に行き、自分の人生を二千円で売った。

芳子　もらったのよ。

田中　昭和五年十月、君は私のところにきて、革命資金を口実に支那ドルで千ドルを恐喝した。

芳子　もらったのよ。

田中　一週間して、また五百ドル。

芳子　もらったのよ。

兵士1が現れる。

兵士1　昭和六年九月十八日、夜十時二十分、関東軍は南満州鉄道柳条湖附近の線路を爆破しました。

兵士2が現れる。

兵士2　昭和七年三月、遼寧、吉林、黒龍江、熱河の四省はすべて陥落し、これより東北地区は日本の植民地となりました。

田中、頷き、

田中　二万円だ。昭和七年一月十日、関東軍板垣参謀から私宛に、上海の横浜正金銀行へ振り込まれた二万円が上海事変を引き起こした。つまりは二万円の戦争というわけだ。

芳子　二万円ですって？　嘘つき。あんた私に一万円しか寄越さなかったじゃないの。私はその一万円で、タオル製造工場の中国人労働者をそそのかした。妙法寺から布教にきていた日本人の坊主を襲わせた。一人を殺して、二人に重傷を負わせたのよ。

田中　そのあと三千円も渡しただろうが。

芳子　私じゃなくて、支那義勇軍団に、でしょう。その三千円で重藤千春憲兵大尉は上海在住の日本青年同志会員三十名を指揮して、タオル製造工場を襲撃したんだわ。坊主が殺された仕返しに、タオル工場を丸焼きにしたのよ。

田中　タオル工場なんぞ焼いても一文にもならん。

芳子　だったら、どこを焼けばよかったのよ。

田中　豚飼いたちに坊主を殺させればよかったんだよ。そうすれば、上海在住の日本人たちは、仕返しに豚小屋を焼く。小屋の中の豚は、みんな丸焼きで町にはいい匂いが流れ出す。

芳子　そうしたら、あんたは戦争で丸焼けの豚を一人占めして大売出しというわけね。

田中　それが正しい金の使い方だ。

兵士3が現れる。

兵士3　昭和八年、満州国安国軍総司令に就任して欲しいとのことです。

芳子　私に？

兵士3　そうであります。

芳子　（田中に）あんたにできることは、せいぜい軍資金をちょろまかすくらいだわ。でも私は金司令になって、朝日新聞に全身写真が掲載される。そうして私のところには、愛国婦人会からの寄付金が集まり、その新聞記事を信じた人たちから駱駝、トラック、軍服が送られてくる。

田中　けっこうな話だ。おすそ分けを頼むよ。

芳子　まずあんたが七千円くれたらね。

田中　七千円？

芳子　あんたは二万円もらったんでしょう。上海事変を起こすためにね。あれは、あんたと私の子供みたいなもんだよ。あんたが種子をまいて私が孕んで産んだ戦争。だのに、あんたは私に一万三千円しかよこさなかった。

田中　七千円まるごと、というのはあんまりだ。それに君は、千五百ドルも僕に借りがある。

芳子　あんたは千五百ドルで清王朝の王女を買ったじゃないの。

兵士4が現れる。

兵士4　昭和十二年九月十日、臨時軍事費特別会計第一回予算が公布されました。

田中　それで？

兵士4　とりあえず二千二百億円を使うことになっています。

田中　二千二百億円。

兵士4　はい。

田中　戦争が終われば日本はカラッケツだ。今しか貯蓄のときはないな。

芳子　せいぜい上がりをかすめとることね。

田中　甘い。

芳子　それ以外に貯蓄の道があるの？

田中　君だ。君は、スターだ。昭和八年、中央公論社発行の村松梢風作『男装の麗人』だ。新興キネマ「満蒙建国の黎明」入江たか子主演で、東京宝塚劇場「男装の麗人」水谷八重子主演だ。

芳子　あんたが私を書くことなんてできない。

田中　なぜ？

芳子　想像力がないもの。

田中　もちろん、想像力はない。だから。

芳子　だから？

田中　事実を書く。

芳子　どんな事実？

田中　昭和六年元旦。一人静かに上海公使館の武官室で正月を過ごしていた田中隆吉の部屋に、川島芳子はひっそりと訪ねてきて、強く情交を迫った。田中としては、旧清王朝の王女としての身分を弁えるよう諭して帰すが、半月ほどたって四川路のダンスホールで開かれた、世界各国の武官のパーティーで芳子と再会し、その夜、田中は遂にその軍門に降って、一夜をカセイホテルで過ごし、この夜を契機として二人の関係がはじまった。
田中は、やがて彼と彼女の愛の巣として、一戸建ての家を購入。以後、私的にも公的にも彼女の存在は、田中にとって、なくてはならぬものとなり、田中の人生の一時期において忘れ得ぬ女性として大きい意味を持つことになった。

芳子　頑張って嘘の書き方を磨くことね。すぐにそれが必要になるから。

田中　えっ？

芳子　中国国民銀行は破産よ。あんたは、あそこに全財産を預けてあるんでしょ。

田中　……まさか……。

芳子　国民政府中央政治会議秘書長唐有壬《とうゆうじん》がこっそり洩らしたわ。あんたが私に紹介したあの男よ。情報を入手しろと命じられたから、その通りにした。スパイってもうかる仕事ね。私、もう国民銀行から、預金を引き出したもの……。お金は大事にしなくちゃね。

暗転。

4

暗黒の中に、東海林太郎の歌う「キャラバンの鈴」が流れる。
昭和八年に川島芳子が作詞した流行歌である。

〽広い砂漠を　はるばると
駱駝に乗って　キャラバンは
雪を踏み踏み　通うてくる
村に残した　恋人に
別れのしるしと　おくられた
鈴は駱駝の　頸で鳴る

雪の砂丘に　月させば
別れた宵の　想い出に
駱駝の背で　ひく胡弓

鈴を磨いて　若人は
遠くはなれた　ふるさとの
娘の指を　夢にみる

歌の途中から溶明すると、長椅子に座った芳子が阿片煙草を吸っている。薄い煙が漂う背後の高みでは、浴衣に黒帽子をかむった浪速、浴衣につば広帽子をかむったフク、そして浴衣にリボンの、もう一人の芳子がいて、食卓を囲んでいる。食卓の上には馬鹿馬鹿しく長い箸と茶碗が置かれ、三人は食事の真っ最中だ。曲が終わると、

浪速　ほたるのひかり
フク　とじこめて
もう一人の芳子　マツダランプの
浪速　秋深し
フク　「家の光」の

もう一人の芳子　一頁
浪速　父母そろいて
フク　子をかこむ

三人、歪んだ声でケッケッケッケッと笑う。

もう一人の芳子　お父様、私、詩を書きました。
浪速　聞きたいものだね。
フク　ええ、あなた。

もう一人の芳子、居ずまいを正し、朗読する。

もう一人の芳子　長い睫毛が林なら
潤んだ瞳は泉です
泉からころころと

ころげる雫が涙なら
涙の主は誰でしょう

浪速とフク、長い箸をカチカチと打ち鳴らして喝采する。

浪速 実によかった。
フク ええ、あなた。
浪速 長い睫毛が林なら、と言うところがいい。
フク 潤んだ瞳は泉です、というのもいいわ。

二人、ふたたび箸を鳴らす。
芳子、煙管を投げ出して耳を覆う。

浪速 おまえの詩に感動してマツダランプが明るくなった。
フク ええ、家の光です。

もう一人の芳子　しあわせだと明るくなって、ふしあわせだと暗くなるのが、

浪速　そう、家の光の、

フク　マツダランプです。

三人は箸を手に挟んで合掌する。

芳子が「嘘だ！」と絶叫すると、三人は狂笑する。

そして、いきなり浪速が芳子に襲いかかり、抱きすくめる。

浪速　おまえの父の粛親王は、まことに仁者である。おまえの父の川島浪速は、真の勇者である。この二人の血を結合させたなら、仁勇兼備の子が誕生するだろう。

フクが、どこからともなく法華の太鼓をとり出すと、

フク　南無妙法蓮華経、南無妙法蓮華経。

念仏をとなえる。

もう一人の芳子　父さまは五十九歳、私は十七歳、十七歳の大正十三年十月六日、夜九時四十五分、私は父に犯されて髪を切りました。

芳子　嘘だ！

再び叫ぶと、浪速、フク、もう一人の芳子は立ち上がり、芳子を指さして笑う。

芳子　誰だ？

もう一人の芳子　淑子よ。それから李香蘭、それから潘淑華。「髪を切る決意をした朝、私は流石に悲壮なものを感じたと見えて、自分の女姿に最後のお別れをする心算で、綺麗に日本髪に結い上げて裾模様で着かざり、庭のコスモスの乱れ咲く中に立って、己自身の女姿と決別の写真を撮ったものだった。それから、お昼過ぎに、一人で床屋に行って、サクリと黒髪に鋏を入れさせて、バサリと落ちる自分の髪を握った」川島芳子著『動乱の影に』七一頁。

芳子　あんただ、父さん。あんたが僕を男にしたんだ。
浪速　え？　何か言ったかね？
フク　女は処女の純潔を保たなければなりませんよ、芳子さん。
芳子　あんたは僕に、そう教えた。石女の、子を産むことができなかった母さん。
フク　女が結婚前に貞操を失うならば、もはやその女性は無価値です。
芳子　あんたは、まじないのように、くりかえした。
フク　そんな女は紙屑より、ぼろきれより、無価値です。掃き溜の中の汚物ですよ、芳子さん。
芳子　毎夜毎夜、あんたは言った。
フク　女は純潔に処女を保って、真に愛する男のために、無垢の肉体と精神を捧げるのが任務なんです。村松梢風作『男装の麗人』三〇八頁ですよ。
浪速　つまりは、おまえも紙屑より、ぼろきれより、無価値で、掃き溜の中の汚物というわけだ、奥さん。
フク　えっ？　何か言ったの？
浪速　松岡のことだよ、松岡洋右。おまえの昔のこいびとだ。貧乏書生でおまえの実家に住んでいた、あの男だ。

フク　松岡様は御出世なさいましたよ、あなた。外交官試験に及第して一等書記官になり、満鉄副総裁で代議士です。それにくらべたら、あんたは、ただの山猿。

浪速　えっ、何か言ったかね？

芳子　やめてくれ、二人とも……。

フク　（唐突に）まさかりかついだ金太郎（と歌いだす）熊にまたがり、お馬のケイコ、ハッケヨイヨイ、ハッケヨイ。だけど、金太郎は、坂田の金時になりましたよ。あんたは、かってなダボラを吹いて、おいぼれて行くだけ。

浪速　黙れ、不妊症！（怒鳴る）

フク　強姦魔！（言い返す）

芳子　あんたたちは、そうやってののしりながら僕を育てた。そうして僕は迷い児になった。

淑子　私は幸福に育って女優になったわ。誰もが私を見ると囁きかわす。スターだよ。スターが通るよ。そうして私は、みんなにやさしい笑いを投げかける。

芳子　そうして僕は、みんなに憎悪を投げかける。いつまで僕を退屈凌ぎの慰み物にする気なんだ？　僕は、おまえたちの口を木綿糸で縫ってやりたいよ。おまえたちの眼に膏薬を貼ってやりたいよ。だけどね、淑子、おかげで僕はスターになった。

芳子　ただの変態よ。男装して、猿をかわいがって、人騒がせをしているだけじゃないの。

淑子　猿は君だよ、淑子、猿真似、猿知恵、猿芝居。

芳子　訂正して頂戴。

淑子　どんなふうに？

芳子　猿真似、猿知恵、さるすべり。

淑子　きれいな花だ。薄紫のインディアンライラック。君によく似合うよ、李香蘭。

芳子　ありがとう。

淑子　猿芝居は、僕がもらおう。時代をスクリーンに、東洋のマタハリだ。キャバレー「東興楼」の女主人だ。

李香蘭の歌う「何日君再来」が流れこんでくると、白服のボーイたちが現れ、中国人の少女たちと一緒に空間を作りかえていく。

芳子・淑子・フクの三人は去り、浪速だけが残る。

5

浪速がブツブツと呟いている。

浪速　私は慶応元年十二月七日に生まれた。明治があり、大正があり、昭和だ。山ほどの出来事があった。ああ、あった。「大地があったら我家の畳と思へ、青空があったら我家の天井と思へ」と満州に行き、人を殺し、人を助けた。戦争というものの中で、歴史というものの中で、確かに私は生きてきた。

浪速の独白の間に、田中が現れると。

田中　手をのばせば届く間近に男が眠っていた。そして男の足は動物のように生きていた。俺はその男を殺そうとしていた。肉の抵抗が俺にはわからず、船酔いに似た気持ちは静まらない。ただひとつの動作で男は死ぬ。俺は、眠っている男を刺した。その瞬間、俺は、そいつとひとつになったんだ。俺は、ズボンの中に、そう……射精していた。

田中の独白の間に甘粕が現れる。

甘粕　三人殺して俺は、壁の中に閉じこめられた。頑丈な壁、厚い壁、ドアと窓とが自分の自由にならない壁。俺は、自分を鳥の胎児と思い込んだ。胎児は雛に育ち、やがて脆い石灰質の殻を破って外に出る。生まれる。翼の下に頭を入れて、くちばしでつつく。最初の黒い星形の穴、生まれる、生まれる、生まれる、生まれる……生まれた！

甘粕の独白の間に、小方が現れる。

小方　僕はときどき阿片を吸う。それから鏡を見る。映っているのは、他人の僕だ。僕が喋る。僕に喋る。他人の声は耳から聞く。自分の声はのどで聞く。耳に栓をしても自分の声は聞こえてくる。阿片も同じだ。阿片は耳では聞くことのできない、もうひとつの世界だ。僕は他人になって自分の声をのどで聞くために、ときどき阿片を吸う。

四人の男たちは、奇妙に歪んだ歩行を続け、相手にぶつかりそうになると、ひゅっとよける。
甘粕、田中、小方とふえるにつれて、五人の男たちが現れ、歩行する。〈歩踏〉と名づけられる動作である。

浪速 私はね、君、本当は宮廷の星占いになりたかったのさ。そしてある酔っ払った真夜中、月をすくいに池にはまって死ぬんだよ。

浪速が愉し気に語る間、男たちは静止している。それからまた歩きはじめる。

甘粕 昔、大昔、父親が俺に訊いた。「おまえが関係したいちばんはじめの女は、もちろん淫売だったろうな？」「はい」と俺は答え、親父はまた訊いた。「終わったあとで、どんな気持ちがしたかね？」「誇らしい気持ちがしました」俺は答えた。「男であることの誇りかね？」「いいえ、女でないことのです」。

狂笑する。
甘粕が語る間、男たちは静止している。
それからまた、歩きはじめる。

田中　女を解き明かそうとする考えには、どこかエロティックなところがある。女を知るには、女を所有するか、あるいは女に復讐するか、そのいずれかひとつの手段しかないんだ。

田中が語る間、男たちは静止している。
それからまた歩きはじめる。

小方　僕は、かつて味わったこともないほどに生命を充溢させ、我を忘れ、眩暈を覚えるほどの羞恥に精根を涸らして、あの方をじっと見守っているんです。

小方が語る間、男たちは静止している。
それからまた、歩きはじめる。
その〈歩踏〉は次第に速度をはやめる。

浪速　戦争は一種の強力行為であり、その旨とするところは相手に我が方の意志を強要することである。

甘粕　戦争があるね、ああ戦争がある。

田中　恋愛は一種の強力行為であり、その旨とするところは相手に自分の意志を強要することである。

小方　女がいるね、ああ女がいる。

〈歩踏〉は、ますます速度を増す。

浪速　芳子の裸体写真は、いかにも処女らしく、ふっくらした胸の左右に蕾のように可愛い二つの乳房が並んでいたよ。

田中　売女！　淫乱！　いったい何人の男と寝たんだ？

甘粕　かわいそうな人だ。背骨の第二関節は痛み、左胸にはピストルの傷、ズタボロだ。

小方　違います。あの方がうっていたのは、麻薬ではなく、市販のフスカミンという注射薬です。私が薬局に買いに行きましたから、まちがいありません。

浪速、甘粕、田中、小方の四人は、ふっと立ちどまり、他の男たちは狂的な歩行をつづける。

浪速　支那人町の死の匂いが、また吹き出した風に運ばれてきた。

田中　この死臭が、ゆっくりと風景を侵してきたんだ。

甘粕　そうしてこの風景は、永遠のやわらぎの裏に世界の愚劣を隠している。

小方　風が吹いている。風は、すこしも音を立てずに吹きつづけている。

浪速　月は反対側の雲の岸に辿りついた。

甘粕　あたりは、再び闇の中に沈んで行く。

田中　夜だね。

小方　夜だ。

浪速　夜だね。

甘粕　夜だ。

〈歩踏〉の男たちは、徐々に歩きやめ、やがて全員、思い思いの場所に座る。

するとフクが現れる。

フク　私にだって華の刻はあったのよ。旅順の旧ロシアのホテル。粛親王家は、女中や料理人を合わせて総勢六十人ほどの大所帯でした。私が「起床!」と叫ぶと、六十人が起きてくる。私が銅羅をボワーンと鳴らすと、六十人が食事をはじめる。金をあずかっていたのも私、台所も私。六十人は私の操り人形。そりゃあ、そりゃあいい気分でした。

フクは、男たちの間を縫って浪速の傍に座る。淑子が現れる。

淑子　それは事件だったわ。日劇七まわり半事件よ。みんなは私を見るためだけに集まってきたわ。そうして入りきれない人たちが列を作って日劇をとりまいた。七まわり半、七まわり半よ。私は、紫のビロードの中国服で白いケープをかぶり、暗闇の中で待っていた。幕があいた。スポットライトが一筋、私をめがけて発射された！　私の姿は光の中に浮かびあがり、そう……、そうね、私のための、地震が起きた。

淑子は、男たちの間を縫って、甘粕の隣に座る。婉容が、侍女たちにかしずかれて、よろよろと現れる。

婉容　阿片は恋、過激な執念、それは私にとりついて離れない。まるで復讐の欲望。私、まかせているの。征服しようと努力するんでもなく、ゆだねているの。絶対服従の支那人形。朝も昼も夜も。ぷわーん、ぷわーん。私、気持ちがよくて、しあわせよ。いつでも、天国よ。

婉容は、侍女たちに囲まれてうずくまる。

無言の、長い間。
その間に、ゆっくりと空間は光に包まれる。四方からさしてくる光の闇。
芳子が高みに現れると、

芳子　敗戦だよ。諸君、二幕目の用意だ！

断ち切られたように暗転。
その中に、編曲された「軍隊小唄」が鳴りひびく。

6

溶明すると、舞台上手には甘粕がいて、じっと燭の火を見ている。
下手では浪速とフク。浪速は刀を磨き、フクは写真額を磨いている。
中央には小方がいて、ゼンマイ仕掛けの猿の玩具のネジを巻き、遊んでいる。
背後の高みでは、赤いスカートをはいた田中が金庫とたわむれている。
長い活人画の一刻。
蟬時雨が降りしきっている。
やがて中国服の正装をした女装の芳子が現れると甘粕に近づき、目かくしをする。

芳子 うしろの正面、だぁれ?
甘粕 黒衣さ。

芳子、手をほどき、

芳子　どうするつもり？　これから？

甘粕　私は意気地なしで、何がなし陰険な男だよ。厄介事に巻き込まれるのは、もういい。

芳子　訊きたいことがあるの。

甘粕　どうぞ。

芳子　関東大震災のさなか、あなたはなぜ、彼らを殺したの？

甘粕　黒衣はいらない、と断られたからさ。そうして彼らは、本物の糸の切れた奴凧だった……。

芳子　羨しかったのね？

甘粕　いや腹立たしかった。見たり聞いたり話したりの畜生猿ども。

芳子　事件までのあんたは、評判のいい軍人さんだった。

甘粕　知っているよ。人殺しの憲兵大尉は「極めて謹厳な精神家で、酒も飲まず道楽も持たず、三十三歳のあの日まで独身だった」。大正十二年九月二十五日付の『東京朝日新聞』だ。

芳子　スターだったわね。

甘粕　ああ、まちがいなく、あの裁判劇の間はね。

芳子　そうして昭和六年十一月三日、あんたは溥儀を旅順のヤマトホテルに連れ出し、内藤維一の変名で、操った。

甘粕　私は満州国を作ったんだ。誰もがみな、私に操られて踊った。影の道化の秋祭りだ。

芳子　そうして昭和十四年十一月一日、あんたは満映理事長に就任した。

甘粕　私は中国人女優の月給を引き上げたよ。新京市長公邸で開かれたパーティーで、満映の女優たちが、お酌をさせられたのに憤慨して演説をぶった。

(咳払いすると) 女優は芸者ではない。芸術家だ。もう一度、女優たちを主賓にした宴会を開いてねぎらってくれ。

芳子　李香蘭を守る会に入って、言った。

甘粕　「私もあなたのファンクラブに加えてもらったので、よろしく」と照れて笑った。

芳子　あんたは一日一本はウィスキーをあけた。そのウィスキーは南方のある機関から送られてきた。一日の仕事が終わると必ずウィスキーをあおり、その日のことを忘れ、そのついでにさまざまな過去を忘れようとしているようだった。

甘粕　酩酊のおかげで余生のバランスを保っているんだと李香蘭は言った。やさしい女だったよ。

芳子　誰が？

甘粕　李香蘭さ。新京駅前のヤマトホテルのスィートルーム。一週間ほど、風邪で寝込んだところへ、彼女は毎朝おかゆを運んでくれた。

芳子　そうして敗戦。

甘粕　ああ敗戦だ。

芳子　どうするつもり？　これから？　人間三人を虐殺して、満州皇帝を操って、満映の父になった男は、どうなるの？

甘粕　こうなるのさ。

拳銃をとり出して顳顬に押し当てる。

甘粕　きこえてくる……。時代の音に攻め上げられて、ぎりぎりの決択で踏む乱拍子。操って道化、操られて、がんじがらめ、人は誰でも他人の黒衣、俺を操る黒衣は、あの方だ！

銃声が響いて、甘粕は崩れ折れる。

芳子　寝ることもできない男に惚れて踊って……。なんて無駄な死にざま。

芳子は去って行く。

田中　恥なんぞというものはね、あんた、他人前だよ。俺は値切って買った赤いスカートをはいて逃げる。タダはいけない、タダは怖ろしい。安く買うのは正しい。

中国の老人が現れる。

老人　いるかね？
田中　な、なんだ？
老人　いるんだろう？
田中　だから、何が？

老人　女さ。女だよ。もちろん。
田中　そんなもんは、この際、いらん。
老人　なぜ？
田中　金がかかる。
老人　よく稼ぐ女だよ。
田中　俺は、男と女のコワーイ話を知ってるんだ。
老人　どんな？
田中　あつかましい。
老人　えっ？
田中　タダで聞こうっていうのか？　喋るってことは腹が減るもんだ。でもって、腹が減ったら喰わにゃならん。喰うには、金がかかる。俺のかわいい、かわいいお金ちゃんが俺に愛想づかしをして出て行く。哀しい、実に哀しい。
老人　払うよ。金を払うから聞かせてくれ。ニッポンの兵隊さん。

金をわたす。

田中は押しいただいてポケットにしまいこむ。

田中　ある男がいたんだ。
老人　どこに。
田中　どこだっていいだろう！　ともかくいたんだよ。それで、その男には妻がいて、となり村には目の敵がいた。村長だ。
老人　それで？
田中　村長は、ある日、男の妻を奪って強姦し、手紙をもたせて帰した。
老人　何と書いてあったね？
田中　（ニヤッと笑い）この女をきさまに返してやる。この女は人が言うほどよくない。
老人　それから？
田中　男は隣村の村長を追っかけ、追っかけ、追っかけてつかまえ、裸の妻の前で縛りつけると、言った。「きさまはこの女を見てさげすんだ。二度と再びこの女が見えないようにしてやる」。そうして男は村長の眼の玉をえぐり出した。

軍服を着た芳子が出てくる。
老人は去って行く。

芳子 こわい話だ。

田中 そうさ。男は、復讐のために文無しになり、盲にされた村長は乞食になった。おそろしくダメの皮の、金遣いだ。

芳子 男の妻はどうしたんだ？

田中 二人の男を破産させて、多分、淫売になって金もうけをしたんだろう。

芳子 （唐突に）甘粕正彦は死んだよ。

田中 かっこよく死んだんだろう？

芳子 ああ。

田中 あいつのやりそうなことだ。

芳子 君はどうする？

田中 もちろん、生きのびる。

芳子 軍人だろう、君は？

田中　そんなものは、今となっちゃ屁の突っ張りにもならん。
芳子　君は長生きするよ。
田中　当たり前だ。俺は極東軍事裁判でアメリカ側の証人として出廷したりする。昭和四十年一月六日には東京12チャンネル「私の昭和史」に出演して、俺とおまえの子供の、二万円の上海事変を話す。「田中隆吉著作集」ももちろん出版する。わっはっは、わっはっはっと笑いながら金をかぞえる。
芳子　君のことを他人は何と言っているか、知っているかい？
田中　教えてくれ。
芳子　「狂人が軍服を着て、剣を吊り、拳銃を持って武装し、背後の権力を利用した病的虚言の主」だとさ。
田中　虚言ってのが、わからん。
芳子　嘘つき、ということだろうね。
田中　嘘は金の素だ。少しずつ売って、飯の種だ。それじゃあ、ごきげんよう。
芳子　ああ、死ぬまでは生きてくれ。

田中と芳子は去る。

浪速 終われば、始まる。それが歴史だ。満州がロシアの手に帰すれば、支那、朝鮮は最早咽喉をしめられた鶏も同然だ。東洋死活の枢機はまったく満州の上に存在する。満州にもぐり込んで、羊飼いでも豚飼いでもしながら馬賊を従え、やがては蒙古の東部までも併せた一国を作るのが私の夢、日本の夢だった。明治二十二年の夢だよ。それから私は粛親王に出会った。革命で追い払われた清朝の王族。粛親王を擁して満州国を作る、それが大正の夢だった。そうして、彼の血族の一人、溥儀はとうとう満州皇帝となった。昭和七年だ。昭和二十年八月十五日、満州は消えたが、またよみがえってくる。私が作るんだ。

フク どうやって？

浪速 ここさ、ここが満州だ。そうして芳子は皇帝となる。覚えているだろう、おまえ。

フク 忘れたわ。

浪速 （かまわず）明治三十九年の暮、粛親王はたった一人で私の家に来た。

芳子が、中国服の男姿で乗馬用の鞭を手に、現れると、

芳子 今日は雪が降るから輿に乗じて飛び出してきた。ゆっくり半日、話をしよう。

浪速 お疲れのご様子。

芳子 ああ、何かと敵が多くてね。

浪速 海を渡るときは一直線に進めば暗礁に乗り上げます。時としては障害も避けて迂回すべきですよ。我々の理想は、こうして実現するのです。

芳子 まったくだな。私は君と、すべて完全に一致しているんだ。国と国とが提携する前に、まず人と人が結ばれなければならんよ。どうだ? 私と君とは義兄弟の契りを結ぼうじゃないか。盃をとってこよう。

芳子、去る。

浪速 私は、そうやって清王朝の王族の兄弟になったんだ。だから私がここにいさえすれば、ここは満州になる。

フク　キチガイ、ボケナス、オタンチン……。ここは信州の山ん中です。何が満州よ。そうしてあんたは、皇帝になるのはおろか村長にもなれない、八十歳のジジイです。

浪速　クソババア。

フク　私、六十四歳になりましたからね。ババアと言われても平気です。明治三十五年六月十四日に祝言をあげて、明治の残りが十年と大正が全部で十四年、昭和は今のところ二十年で、合計四十四年間の夫婦です。私はすぐ死ぬけど、あんたはまだ四年も生きなくちゃならないんです。大人しくしていて頂戴！

浪速　芳子を迎えに行ってくるよ。

浪速が去ると、フクは、しばらく我慢しているが、

フク　こけますよ。あなた。あんたは、長生きしすぎてるんだから。

あとを追う。

と、小方が口を開く。

小方 金司令は逮捕されました。そうして手紙がきた。北京の拘置所からです。金司令はもんちゃんと名づけた猿を心配していました。「僕はもんちゃんが山王ホテルの二階で、窓から電車通りを首をかしげて見ていたのを思い出す。あの様子のかわいさと言うたら、今、思い出しても胸が痛くなる。福ちゃんの死んだ頭を思い出して、涙が出てくる。時々、青空に向かって、福ちゃん、もんちゃん、デコ、チビと大声で呼ぶんだよ。皆、かわいそうだった。こんなに早く別れるんだったら、あんなに殴るんじゃなかったと悔まれる。裁判のとき、どうして北平に帰ってきたかと法官が訊くから、猿がゲリをしたからと言ったら、皆が笑い出すんだ。僕は猿が一番生命だってことを知っているのは君だけだ。僕が本当に死んだら、君と親父とで僕の骨を拾って、福ちゃんと埋めてくれな。」

語りつづける小方の背後で空間は、裁判所に変えられていく。小方は玩具の猿を相手にワルツを踊り、踊りながら去って行く。

7

無人となった舞台に、苦力や私窩子《しかし》、兵士、刑事の証人たちが四つの箱車を押して現れる。その箱車には、それぞれ十本ずつの臘燭をさした枝がついている。証人たちは火を点じながら、証人尋問に答え、

刑事　私は柴田長男、刑事であります。昭和十三年、私は福岡に来た川島芳子から、ダイヤをちりばめた時計を盗まれた、と報告を受けました。ところが、その時計は芳子自らの手で懇意な歯医者に預けてあり、盗難は真っ赤な嘘だったのであります。

中国娘　私は王夫人の娘であります。東珍さまは抗日テロ団に襲われてフランス租界のマッケンジー病院に入院していた母の見舞いにいらしてくださいました。その折、芳子さまは私の身代わりとなって、病院に侵入してきた暴漢と戦ってくださいました。

男　私はタオル製造工場の工員でありましたが川島芳子にそそのかされて、妙法寺からきた日本人僧侶を殺したため馘首され、乞食となりました。

孫科　私は孫文の長男、孫科であります。私は日本側に情報を洩らしたとして蒋介石に逮捕

されるところを金司令に救っていただきました。上海の港に碇泊中の欧州航路客船で無事、広東まで逃れることができたのであります。

女　東條英機の妻、カツです。川島芳子さんの方では私どもの名を出してさまざまにお話をされたようですが、私どもは一向におつき合いをしたこともなく、いささか迷惑に感じております。

原田伴彦　芳子さんには何の理念も信念もありませんでした。私は愛情を持って証言致します。

兵士　八月の初め頃、北支に行けたらまず第一に芳子様のもとを御訪問致しましょう。なんとしても、お目にかかりたい。多田直人上等兵。

男　私はキャバレー東興楼の家主です。私は度重なる家賃滞納に腹を立て、とりたてに出向いたところ、川島芳子に罵倒されました。

朧燭をつけ終わった一団が去ると、明かりは消え、燭の火がともる裁判所となる。すると箱車の中から、いきなりぬーっと、法官1（実は甘粕）と法官2（実は田中）、淑子、そして芳子が上半身を現す。

法官1　姓名は？
芳子　五つほどあります。どれがいいですか？
　　法官たち、操り人形のように首を動かして顔を見合わせ、また元に戻ると、
法官2　姓名は？
淑子　山口淑子です。
　　法官たち、顔だけ笑って頷き、
法官1　国籍は？
芳子　お母さんのおなかの中。
　　法官たち、顔を見合わせる。

法官2　国籍は？
淑子　日本です。
　　法官たち、顔だけ笑って頷く。
　　芳子と淑子の答弁に、二様の反応を見せながら、
法官1　生年月日は？
芳子　女に年を訊くもんじゃありません。
法官2　生年月日は？
淑子　大正九年二月十二日です。
法官1　職業は？
芳子　職業って何です？　金を得る仕事のことですか？　僕は清王朝の末裔ですよ。仕事なぞしなくても充分喰っていかれる。
法官2　職業は？

淑子　女優、及び歌手です。
法官1　住所は？
芳子　私が今いるところ。
法官2　住所は？
淑子　共同租界。フェリーロードの瀟洒な西洋人高級住宅街にある五階建てのアパートの四階全部を占めるフラットでした。
法官1　両親の名は？
芳子　父はいません。母の名は川島芳子、つまり僕ですよ。
法官2　両親の名は？
淑子　父は山口文雄、母はアイです。
法官1　君たちは漢奸の罪に問われている。
法官2　漢奸とはつまり「中国人でいながら日本に協力した売国奴」ということだ。
法官1　漢奸に対しては、罪の程度により、死刑、終身刑、または禁錮刑を適用する。
法官2　さて、何か申し開きがあるかね。

芳子が口を開くより先、淑子が「裁判長さま!」と叫ぶ。

淑子 李香蘭は日本の国威発揚、大陸進出のお先棒をかつぐ傀儡女優でした。でも私は日本人だったんです。

法官1 李香蘭が日本人? 誰がそんな嘘を信じるんだ?

法官2 これを見ろ。満映が作成した君自身の広告だよ。

法官たちは宣伝ビラを取り出す。

法官1 リ・コーランと日本語読みで通っている彼女は満州語読みでリ・シャンラン、民国八年生れ即ち大正九年生れの芳紀正に二十一歳、近代的なエキゾチシズムをまきちらし乍ら再度の来日に日本人間にも多数のファンをもつ異彩ある存在である。

淑子 嘘よ!

法官2 奉天市長の愛娘として北京で成長し、日本人学校で学んだだけあって日本語は実に流暢、つまり彼女は、日本語満州語支那語の三ヶ国語を巧みに操る文字通り東亜の代表的姑娘である。

淑子 嘘よ！

法官1 おまけにこれだ。映画評論家鈴木重三郎の証言だよ。あるとき「ひとつあんたの身の上話など伺ひたいものじゃね」と愚かしき質問を僕が彼女に呈したとき、彼女はその大きな瞳を一つぐるりと回転させて、さていはく「私の身の上話？　さうどちらにしませうか、嘘の方？　本当の方？」

淑子 私の身の上話はひとつしかないわ。李香蘭は中国人だった。でも私は日本人よ。証拠があるわ。

法官2 どんな証拠だね？

淑子は、戸籍謄本をとりだす。

法官1 紙だ！　ペラペラの紙だ！

淑子 戸籍謄本よ！

法官2 何だ？　そりゃ？

淑子は〈映画女優〉の気取った口調で早口に告げる。

淑子 日本国民はすべて「家」単位の戸籍に登録され、家族の誕生、死亡、結婚、離婚などに際しては、その異動を本籍地の市町村役場に届けることが義務づけられている。役場は、その届け出にもとづいて戸主たる家長を筆頭に全構成員について親子、兄弟姉妹などの家族関係、生年月日、出生地などを記載した人別帳ともいうべき戸籍簿原本を記録保存している。その複写をとり、事実に相違ないことを市町村長が署名捺印の上、証明した文書が戸籍謄本である。これがとりもなおさず国籍を証明する唯一の正式な文書である。

淑子の独白の間、法官たちは、さっき宣伝ビラとして取り出した紙を淑子の戸籍謄本にして扱い、ためつすがめつ眺めたり、揉んでみたり。かじってみたり、撫でてみたりしている。

法官1　ためつすがめつ。
法官2　ひっくり返し、もっくり返し。
法官1　何度も何度も調べました裁判長。
法官2　でもってこれが、
法官1　戸籍謄本！
法官2　なるほどこれが、
法官1　戸籍謄本！
法官2　ペラペラの紙に鉄筆で読みにくい字が書きなぐってあっても、
法官1　戸籍謄本！
法官2　ナニナニ村村長の印鑑がいくら安っぽくても、
法官1　戸籍謄本！
法官2　戸籍謄本！
法官たち　戸籍謄本！

間がある。

その間を淑子は耐えている。

やがて、法官たちは無機的に早口に告げる。

法官1 この裁判の目的は、

法官2 中国人でありながら、

法官1 中国を裏切った漢奸の罪を、

法官2 裁くことにあるのだから、

法官1 日本国籍を完全に立証した君は、

法官2 日本人ということになる。

法官1 しかし一つだけ倫理上また道義上の問題が残っている。

法官2 それは、中国人の芸名で、

法官1 「支那の夜」など一連の映画に、

法官2 出演したことだ。

法官1 法律上、漢奸裁判には関係ないが、

法官2 遺憾なことだと、

法官1　本法廷は考える。

淑子　(静かに)裁判長さま……、私は女優ですから、映画の企画、製作、脚本についてまで責任を持つことはできません。ですが、若かったとは言え、考えが愚かだったことを認めます。申しわけなく思っております。

法官たち、手にした戸籍謄本ごと拍手する。そして、

法官2　これで漢奸の容疑は晴れた。被告人は無罪。

淑子は深々と頭を下げ、箱車の中に入りこむ。芳子は、それを見ながら静かに、

芳子　最高の名演技だよ、淑子。

言って不意に語調を変え、吐き捨てるように、

芳子　いい加減にしろよ、あんたら。
法官1　（耳を貸さず）被告は上海北停車場で、南京政府の財政部長暗殺の陰謀をたくらんだ。日本人村松梢風作『男装の麗人』一一三頁。
法官2　被告は溥儀の妻を満州に連れ出した。一七一頁。
法官1　被告は日本側のスパイとして十九路軍に侵入した。二一三頁。
法官2　被告は孫文の長男を脱出させた。一二三頁。
法官1　被告は日本人村松梢風に支那人に騙されては駄目ですよ、と言った。三四九頁。
法官2　被告は、支那人って奴は、懲りるまで一遍やっつけなくては駄目ですよ、とも言った。三四九頁。
法官1　被告は国民党を潰さなくては駄目だと考え、そのためにまず蔣介石を倒さなくては駄目だと考えた。一一頁。
法官2　被告は日本人田中隆吉の愛人であった。二七頁。

芳子はたまりかねて笑い出す。

芳子　中国を売ったと小説に書かれていたから死刑ですか。どうもありがとう。私は、そんなに偉い人間だったんですねぇ。チイとも知りませんでした。猿芝居で始まって猫のヘドで終わる茶番だ。小説で判決だというんなら僕は敗けても勝ったことになる。死ぬことは小さいことさ。煙草を吸いながらでも、立小便をしながらでも、人間は他愛なく死ねる。それが戦争だ。こんな茶番のおでこ芝居は昔ながらの、おらが国さだ。今さら、おったまげもしないさ。どうでもいいから早く終わらせてくれ。

低く呪咀する。

法官1　おらが国さ、と言ったね。
芳子　ああ、言った。
法官2　おらが国さは中国かね、日本かね。
法官1　おらが国さが日本なら、戸籍謄本はあるかね？
法官2　ペラペラの紙に鉄筆で読みにくい字が書きなぐってあっても、
法官1　戸籍謄本！

法官2　ナニナニ村村長の印鑑がいくら安っぽくても、
法官1　戸籍謄本！
法官2　戸籍謄本！
法官たち　戸籍謄本！

芳子は沈黙しているが、やがて高らかに、

芳子　家あれども帰り得ず
涙あれども語り得ず
法あれども正しきを得ず
冤あれども誰にか訴へん

と告げ、

芳子　僕に戸籍は……、

言いかけたとき、平手打ちの明かりがつく。

芳子 甘粕！ 君は死んだ。

甘粕 そうさ、私は死人だよ。だが死人って奴は、人に覚えられている間は、死ねないんだよ。お助け、お助け、早く忘れてくれ、金司令。

芳子 田中！ 君は逃げた。

田中 君が生きているかどうか、どうも心配でね。早く元気に死んでくれ。そうすりゃ金もうけができる。

芳子 いやだ！ 死にたくない！ 死ねば検死がある。僕の死体を見られるのは嫌だ！ 怪物の、化物の体を見られるのは嫌だ。

小方が高みに現れる。

芳子、淑子、甘粕、田中の箱車は証人たちによって臘燭の火を吹き消され、運ばれて行く。

小方　金司令から手紙が来ました。「皆様丈夫でいられるか？　僕は丈夫です。最近、僕の戸籍が問題になりだした。親父にも手紙で頼んだが、君からも、至急出してくれ。日本人だと、すぐにここから出られるんだ。どうしても埒があかんときは、君が行け。村役場に事情を言いなさい。初め電報で居所を調べて手紙を出しても好し。そして至急送ってくれ」。金司令から手紙が来ました。「君の身が心配で心配でたまらん。やっぱり君が一番恋しいぞ。待っとれ、元気でな、くたばるなよ」。金司令から手紙がきました。「親父がいらんことに弁護士さまに手紙をよこし、年のことをいともくわしくおかきあそばして、そのため、俺様は大弱りだ。親馬鹿ちゃんりんで困ったもんだ。大正五年御出生の俺さまの戸籍を早く早く送ってくれ。いいな、俺さまが明治四十年に生まれたのは、大嘘だ。わかったな」。

小方は話しつづけ、浪速とフクが出てくる。

8

小方が浪速を見つけて高みから駈け降りてくると土下座し、

小方 お願いします。戸籍をください。早くしないと間に合わないんです。

詰め寄る小方を恐怖したように浪速はフクにすがりつく。

小方 川島芳子はあなたの娘だ。あなたは日本人だ。だから川島芳子は日本人だ。

浪速 ふぁ?

小方 川島さん?

フク ボケているのよ。まあそれも無理はないけど。

小方 (フクに)だったら、あなたにお願いします。

フク 私に?

小方 ええ。

小方 父親は老いさらばえて、母親は死亡。だったら誰があの方を日本人だと証言してくれるんだ。誰が戸籍をくれるんだ。

フク 戸籍？

小方 あの方の戸籍。

フク そんなもん、芳子にはありませんよ。

小方 どういうことです？

フク 芳子には戸籍がありません。

小方 しかしあの方は、粛親王の手から川島浪速の手に、

フク 玩具として手渡されたのよ。オモチャに戸籍なんて必要ないでしょう。

小方 まさか……。

フク 疑うんなら、この人の（と浪速を指し）正気をとり戻してあげるわ。

フク 私に何ができると言うの？

小方 あんたは母親だ。

フク そうよ。でも私はもう死んでいるのよ。昭和二十年七月二十九日、それが命日です。

フクは浪速の耳を引っ張って、

フク 戦犯！（怒鳴る）

浪速は途端に震え出し、

浪速 無理だよ、芳子。そりゃあね、私はおまえの言う通りに、年齢をいつわった戸籍を作ってやりたい。だけど、今の日本は、連合国総司令部の支配下にあるんだ。もし嘘の戸籍を送ったことがバレたら、私は、文書偽造の罪のみならず、一つ間違えば戦犯容疑で逮捕されるんだ。……怖ろしいよ、芳子。私は八十三歳だ。老人だよ。日暮れて道遠し……、満州は遠いよ……、ようやくそれがわかって、死にたくない。あしの裏に飯粒を張りつけて大地の上に立っていたい。棺桶はおまえにゆずるよ。男というものはね、芳子、待ちたくなくて、待っていて欲しいんだ。

小方 老醜無残……。

浪速は、また、ポカンと口を開けた老人となる。

浪速　えっ？　何か言ったかね？

フク　よだれですよ、あなた。

拭ってやる。

と浪速はフクの膝まくらで眠ってしまう。

フク　ツンボの耳はロバの耳。

耳掃除をしてやる。

そして歌う。

〽ひとさし指が迷い児になって

遠い他国へ飛んでった

遠い他国じゃ、あの人はどこに
生きているやら、死んだやら
あとに残った私は一人
赤い振袖、着て狂う
迷い児になったひとさし指よ
恋の形見の鳥となれ

フクは膝枕をはずして去る。
浪速は眠って目ざめない。

小方 どうすればいいのですか？　金司令？

絶叫すると照明が変化して、中国服で女姿の芳子と着物姿の淑子が左右の高みに現れる。

浪速はブルッと体をふるわせて、クシャミし、

浪速　バアサン。風邪を引いたらしい、薬をくれ。

淑子は高みを降りて行くが、芳子は降りられない。後手に縛られているのである。

浪速　バアサン。（怒鳴る）夏風邪は体に悪い。早く薬をくれ。

淑子は浪速に近づくと、手紙をさし出す。

浪速　芳子！　お帰り！　お帰り。

淑子　元気だったのね。

浪速　ああ、生きている。

淑子　だったら、もっとまともな手紙を書いて頂戴。「粛親王ハ予ニ子無ク、家庭甚ダ寂莫ナルヲ憐ミ、大正二年芳子ヲ東京ノ予ノ家ニ贈リ来ルモノニシテ、当時ノ芳子ハ満六歳ナリシ」……、いったいこれは何？　なぜこんなことを書いたの？　私は言ったはずよ。

芳子が高みで、呻くように、

芳子 今日弁護士から、父上様のやられたお手紙を見せてもらい涙が出そうでありましたが泣きませんでした。ですが、父上の手紙は年が間違っています。いま一度お考えください。満州事変の年、私はちょうど十六歳になるのです。今年三十三歳ですから間違いはありません。大正二年で六歳だったら、私はもう四十五、六です。年が違うと、とんでもないことになります。私が何か意志があって嘘を言ったことになりますし、私が中国に生まれたことになれば、そこに籍がなくてはなりません。私は外国で生まれたから中国に戸籍はないのです。父上、まちがわないでください。

淑子 それなのに、こんな手紙！

手紙をちぎる。

浪速　悪かったよ、悪かった。だけどおまえは日本の着物を着て帰って来たし、バアさんは死んだ。おまけに敗戦で、平和だ。私に、いい考えがある。

淑子　何？

浪速　おまえは戸籍が欲しいんだろう？

淑子　ええ、欲しいわ。

浪速　だったら、やろう。

淑子　どうやって？

浪速　祝言をあげるんだ。川島浪速、妻、芳子。立派な戸籍ができると言うわけだ。

芳子　やめろ！　なぜだ？　なぜあんたは僕に戸籍をくれなかったんだ？　僕があんたを裏切ったからか？　あんたに犯されて髪を切り、男装してあんたを拒み通したからか？

淑子は去り、浪速はゆっくりと立ち上がる。

浪速　違うよ。

芳子　だったらなぜ？

浪速　嫉妬だ。
芳子　嫉妬？
浪速　そうさ。
芳子　誰が誰を？
浪速　私がおまえの父を……嫉妬していた。おまえの父は、高貴な血の持ち主だった。私は貧乏士族の裔だ。おまえの父は、賄賂を受けとらず、馬の品種を改良し、水道を引き、ペストをふせぎ、男と女の性の差別をとり除いた。私はマラリアで、ツンボで、いつもおまえの父の召使いだった。それはまだいい。本当の嫉妬は、おまえの父が死んで始まった。私は生きているのに、な。大正十一年二月十七日、粛親王は旅順で死に、私は五十七歳、おまえは十五歳で、とりのこされた。父と父と娘の三角形が崩れ、私にできるのは死んだ男への復讐に娘を抱き、死人をのりこえて生きることだけだった。
芳子　……わかった、わかったよ、父さん。あんたの嫉妬を知らずに、僕は死んだ父を恋した。生きている父に死人の記憶を重ね合わせ、それが少しでもズレると、あんたをののしったんだ。
浪速　辛かったよ、芳子。

芳子　ねぇ、父さん。戸籍がない女は、死ぬとどうなるんだろうね。

浪速　わからん。

芳子　それを考えると、僕は死んでもいいと思うよ。死人の戸籍が必要なのは生きている人間だけだからね。

浪速と芳子が話している間に、高みにたどりついた小方が、芳子の背後から首に手をのばす。

芳子　（やさしく）何をするつもりなんだ？

小方　殺します。僕は、あなたの召使いでした。靴を磨いて靴にくちづけし、背中を流して勃起し、頬を打たれて満足しました。僕は涙であなたを殺します。

芳子　君には戸籍がある。そうして僕を殺せば君はひとごろしだ。君の家の墓が泣くよ。

小方　私はどうすればいいんですか？

芳子　くちづけをひとつ。それから僕のことを覚えていてくれ。死人は記憶されている限り死ねないんだそうだ。

廷吏たちが正面の高みに処刑台を作る。
芳子と小方、くちづけをし、芳子は一人で処刑台へと向かう。
すると、劇の登場人物たちが全員現れてくる。
芳子の首に絞首刑の縄がかけられる。

芳子　父さん……、父さん……、父さん！　もう一度僕を作ってください！

急激に闇。
その中で合唱がわきおこる。

〽謎が笛吹く影絵が踊る
死んだ子供のサーカス団
少女倶楽部の附録になって
死んだ父さま、飛んできた

赤い一番星　見つけた

色鉛筆にまたがって
行くぞ地獄の天文館
テントはずせば夜の公園
僕のお墓が一、二の三
赤い一番星、見つけた

エピローグ

幻のキャバレー「東興楼」で、浪速、フク、甘粕、田中、小方、婉容をはじめ全員が踊っている。

編曲された「軍隊小唄」が流れている。

その中で椅子をテーブルがわりに向き合っている芳子と淑子。

芳子 君は？

淑子 淑子よ。あなたは？

芳子 まだ名前がないんだ。生まれたばかりだからね。

淑子 私、あなたに似た人を知っていたわ。

芳子 僕もだよ。彼女はようやく父親を忘れたよ。

淑子 どうやって？

芳子 父親になったのさ、男姿になったんだよ。踊ろうか？

淑子 ええ、踊りましょう。

芳子と淑子は立ち上がって踊りの中に加わる。

音楽が高まって、終わる。

上演記録

■場所　東京／ベニサン・ピット

■日時　一九八八年九月八日～十八日

■スタッフ

企画　中島　葵
作・演出　岸田　理生
演出助手　斉木　燿
舞台監督　山代　博文
舞台美術　南　雅之
照明　武藤　聡
音響　白石きよみ
装置　セントラルサービス
宣伝美術　北村　武士
製作　万代　博美
　　　宗方　駿
　　　笠原　静

■キャスト

川島芳子　中島　葵
川島浪速　戸浦　六宏
川島フク　蘭　妖子
李香蘭　富田三千代
甘粕正彦　吉澤　健
田中隆吉　池田火斗志
小方八郎　平山　直樹
婉容　梶塚　秀子
刑事　石川　直樹
中国の娘　和田　結美
中国の老人　趙　方豪
孫科　荒田　賢司
女　中島　貴子
原田伴彦　田中　誠也
兵士　樽　真治
男　石井　伸也

岸田　理生（きしだ・りお）
1950年　長野県生まれ。中央大学法学部卒。
1974年　「天井棧敷」に入団。寺山修司氏に師事。
1984年　「糸地獄」にて第29回岸田戯曲賞受賞。
1988年　「終の栖・仮の宿」にて紀伊國屋演劇賞受賞。
1990年より「国境を越える演劇シリーズ」を開始。
同シリーズで自ら作・演出する傍ら、演出家の蜷川幸男氏、オン・ケンセン氏（シンガポール）等との共同作業も多い。その他、映画、TVなどの脚本も多数手がける。
代表作「臘月記」「忘れな草」「恋三部作」（戯曲）、
「1999年の夏休み」（熊本映画祭脚本賞受賞）、
「最後の子」（小説）他。

終《つい》の栖《すみか》・仮《かり》の宿《やど》 —川島芳子伝—

2002年7月25日　第1刷発行

定　価　本体1500円＋税
著　者　岸田理生
発行者　宮永捷
発行所　有限会社而立書房
東京都千代田区猿楽町2丁目4番2号
電話 03（3291）5589／FAX03（3292）8782
振替 00190-7-174567
印　刷　有限会社科学図書
製　本　大口製本印刷株式会社

落丁・乱丁本はおとりかえいたします。

ISBN 4-88059-282-X C0074
装幀・神田昇和